W0374142

Niko sucht ein Zuhause

Niko sucht ein Zuhause

Adrian Doericht
Timo Doericht
Martin Doericht
Silke Bewert

Impressum

Copyright: Adrian Doericht, Timo Doericht, Martin Doericht, Silke Bewert

Jahr: 2022

ISBN: 9789403681610

Lektorat: Annika Müller, Francesca Pane, Nina Tokner,
Heike Wehrmeister, Carmen Wunderle, Silke Bewert

Illustrationen: Adrian Doericht, Timo Doericht, Martin Doericht

Cover: Adrian Doericht, Timo Doericht, Martin Doericht, Silke Bewert,
Martin Bewert

Verlagsportal: Bookmundo Direct
Gedruckt in Deutschland

Das Werk – einschließlich aller Teile – ist urheberrechtlich geschützt.
Jede Verwertung ohne Zustimmung der Verfasser ist unzulässig.

Eine finanzielle Unterstützung erfolgte durch den Verein der Ehemaligen
und Förderer des Hans-Purrmann-Gymnasiums e.V.

Von Herzen danken wir allen, die uns bei der Realisierung unseres besonderen Projekts helfend zur Seite gestanden haben.

Inhaltsverzeichnis

Unserer Familie
Wir danken euch für alles.

Meinem Mann
Du bist mein Zuhause.

Allein im Wald

Regen hatte Niko immer gemocht. Früher.
Durch Regentropfen bildeten sich Pfützen, in die man hineinspringen konnte. Besonders großen Spaß hatte er damals gehabt, wenn die Wasserlöcher nicht sauber, sondern voller Dreck gewesen waren. Dann hatte er sich nach Herzenslust austoben und in dem nassen Schlamm wälzen können. Herrlich! Das anschließende Bad abends war auch nicht schlecht gewesen. Niko hatte dann nach bunter Sommerwiese geduftet und war mit einem vorgewärmten Handtuch so lange trocken gerubbelt worden, bis sich sein Fell anfühlte wie das flauschige Körbchen, in dem er gerne döste.

Jetzt entdeckte er an seinen Haarspitzen kleine Dreckklümpchen, die traurig herunterbaumelten. Seine Nase juckte. Seine Ohren juckten. Sein Rücken juckte. Er befürchtete, dass ein paar Flöhe in seinem Fell ein neues Zuhause gefunden hatten. Allerdings wollte Niko nicht genauer hinschauen. Stattdessen tastete er mit der linken Pfote nach seinem Halsband, das er trug, solange er denken konnte. Es war zum Glück noch da. Er spürte, wie er sich ein wenig sicherer fühlte. Dass es allerdings verschmutzt und an einer Stelle eingerissen war, konnte er nicht sehen. In seiner Vorstellung leuchtete es wie immer: rot mit kleinen weißen Punkten.

So stelle ich mir Nikos Halsband vor:

Mit diesem Halsband hatte Niko so entzückend ausgesehen, dass er von allen gestreichelt worden war. Einen leckeren Knochen hatte er manchmal auch noch bekommen. So ein Hundeleben, *sein* Hundeleben, war ein einziger Traum gewesen. Früher.

Jetzt war alles anders: Er fror entsetzlich. Der Regen trommelte ihm ununterbrochen auf den Kopf. Feuchte Kälte kroch in ihm hoch und ließ ihn immer stärker zittern. Er schüttelte sich ab und zu, blieb aber nass. Darüber hinaus plagte ihn ein furchtbarer Hunger, der so groß war, dass er glaubte, jeden Moment ohnmächtig zu werden. Vielleicht war es geschickter, weiterzuziehen und nach Futter und einem geeigneten Unterschlupf zu suchen? Zu allem Überfluss wurde es so langsam dunkel. Er hatte Mühe aufzustehen. Auch die ersten Schritte taten Niko weh. Beinahe wäre er sogar auf einer großen, langen, glitschigen Schnecke ausgerutscht. Igitt!

Nach einer Weile hatte er sich zum Glück wieder beruhigt und trabte weiter. Das nächste Problem zeigte sich aber recht bald: Wie sollte er hier eigentlich irgendwas finden? Alles sah so ähnlich aus: Es gab Bäume, viel Gras, noch mehr Bäume, Sträucher, ein paar Steine und ... Bäume! Wo war er nur hingeraten? Alles an dieser Umgebung war furchtbar. Wer wollte denn hier leben? Stundenlang streifte er umher, fand aber nichts, was seiner Meinung nach genießbar gewesen wäre.
Als es schon so dunkel war, dass Niko seine eigene Pfote kaum noch erkennen konnte, obwohl er sich diese direkt vor die Schnauze hielt, gab er auf und legte sich unter einen Strauch. So war sein müder Körper wenigstens ansatzweise verdeckt und Niko konnte ein wenig durchatmen. Erschöpft dachte er nach.

Gestern Morgen war noch alles in Ordnung gewesen. Wie jeden Tag um diese Zeit hatte er sein Frühstück im Näpfchen vorgefunden. Dass dieses ihm gehörte, verriet die Aufschrift: *Niko*. So hieß er. Ihm gefiel dieser Name, den sich Charlie, der Junge, ausgesucht hatte. Sie waren die besten Freunde und immer füreinander da gewesen: Charlie hatte den Ball geworfen, Niko hatte ihn zurückgebracht. Charlie hatte für Niko beim Essen heimlich etwas unter den Tisch fallen lassen und Niko war ein wachsamer Wachhund gewesen, als sich Charlie heimlich Süßigkeiten aus dem Schrank stibitzt hatte. Charlie hatte Niko beim Tierarzt beruhigt und Niko hatte Charlie getröstet, als er weinend mit einer 5 in Mathe nach Hause geschlichen war. Beide waren unzertrennlich gewesen.

So stelle ich mir Charlie vor:

Aber warum war er jetzt hier ohne Charlie? Er strengte sich an, seine Gedanken zu ordnen. Niko grübelte lange, bis endlich verschiedene Bilder vor seinem inneren Auge erschienen: Charlie hatte heute Morgen kurz nach dem Frühstück weinend vor der Haustür gestanden und sich nicht beruhigen lassen. Niko war ins Auto geschoben worden. Der Vater hatte alle Türen hastig verriegelt. Die Mutter hatte mit einem sorgenvollen Gesichtsausdruck stumm zugeschaut. Nach einer scheinbar endlosen Fahrt weit aus der Stadt hinaus hatten sie plötzlich angehalten. Niko war aus dem Wagen gezogen und in die Umgebung geführt worden, in der er sich auch jetzt befand. Der Vater hatte den Hund ohne Verabschiedung allein gelassen. Die Tränen auf seinem Gesicht hatte das Tier aber nicht mehr sehen können. Einzig der sich entfernende Rücken seines Herrchens war das Letzte, an das er sich erinnern konnte.

Niko seufzte laut und schluckte den dicken Kloß im Hals mühevoll runter. Er durfte jetzt nicht weinen. Noch nicht. Das konnte er später noch machen. Jetzt war es viel wichtiger, so schnell wie möglich seinen riesigen Hunger zu stillen und sich einigermaßen warm zu halten. Er wollte auf keinen Fall krank werden. Wenigstens hatte es inzwischen aufgehört zu regnen. Die Wolken hatten sich verzogen und gaben den Blick auf den Mond frei, sodass der Hund nicht mehr ganz im Dunkeln stand. Da hörte er auf einmal ein Rascheln, das von einem hellen Klingeln begleitet wurde. War das etwa wieder eine dieser glitschigen Schnecken? Konnte man diese Viecher eigentlich essen? Wie würden sie wohl schmecken? Immerhin hinterließen sie immer ekligen Schleim, wenn sie herumkrochen. Das erschien Niko doch recht abstoßend, obwohl er...

Da! Schon wieder konnte der Hund das Rascheln zusammen mit dem Klingelton deutlich hören. Für eine Schnecke fand er dieses Geräusch aber unpassend. Wer hatte denn jemals eine schleimige und vor allem langweilige Schnecke gesehen, die klingelte? Außerdem roch es nicht nach Schnecke. Da war er sich sicher. Es war ein fremder Geruch, der sich breitmachte. Er weitete seine Nasenlöcher und sog hektisch die Luft ein. Da war etwas, das ihn nochmal nachschnuppern ließ. Das musste ein anderes Tier sein! So viel stand fest. Niko wurde nervös und tänzelte rastlos von einer Pfote auf die andere. Er hoffte inständig, sich geirrt und in der Hektik verschnüffelt zu haben, musste sich aber sicher sein und setzte zur nächsten Geruchsprobe an. Gleichzeitig sammelte er seine letzten Kräfte und spürte, wie sich seine Muskeln anspannten. Niko war bereit zum Angriff. Das Rascheln wurde immer lauter – gleich würde bestimmt ein riesiges Ungeheuer vor ihm stehen und ihn fressen wollen. Die Blätter des Strauches bewegten sich immer heftiger. Der fremde Geruch war inzwischen so stark, dass er einen Meter zurücksprang und vor Aufregung zitterte.

Da! Etwas ragte zwischen den dünnen Ästen heraus. Er strengte seine Augen so an, dass sie ganz glasig wurden. War das etwa eine ...

Tatsächlich! Eine mit weißem Fell überzogene Pfote tastete auf dem Boden herum.

Niko konnte vor Aufregung kaum atmen.

Ein neuer Gefährte?

Langsam näherte sich der Hund dem Gestrüpp.

Mit pochendem Herzen setzte er eine Pfote vor die andere. Ganz gleichmäßig und langsam war sein ängstlicher Gang. Der Abstand verringerte sich mit jedem Schritt. Niko verwechselte seinen eigenen Atem immer mehr mit dem Geraschel aus dem Busch. Plötzlich klingelte es wieder. Er war allmählich ganz in seiner Angst eingehüllt.

Da sprang der schwarze Schatten eines Tieres auf seinen Kopf - oder besser gesagt - hopste. Flauschige Pfoten versanken in seinem Fell. Niko schüttelte sich und konnte beobachten, wie ein süßes Kaninchen vor seine Pfoten purzelte. Mit dem Rücken auf dem Boden liegend sah es den Hund mit glänzenden und vor Schreck weit geöffneten Augen an. Das Kaninchen hatte fürchterliche Angst. Niko spürte, dass er jetzt am besten nichts sagte, um das scheue Tier nicht noch weiter zu verängstigen. So wich er ein paar Schritte zurück und setzte sich hin. Nach allen Kräften bemühte er sich, möglichst lieb zu schauen, und erinnerte sich gut an den perfekten Hundeblick, den seine alte Familie immer so entzückend gefunden hatte: Niko schaute von unten nach oben und hob seine Augenbrauen auf eine ganz besondere Weise an. Wunderbar! Er sah aus wie der knuddligste Hund der Welt. Und tatsächlich: Das Kaninchen ließ sich durch diesen Anblick beruhigen und hatte sich wohl von dem Schreck erholt. Nach einigen stillen Momenten - beide wieder frei in einem ruhigen Rhythmus atmend - ergriff Niko noch vor dem Kaninchen als Erster das Wort: „Was machst du denn hier? Woher kommst du? Wer bist du?“ Ihm rasten so viele Gedanken durch den Kopf; er musste die Geschehnisse immer noch ein wenig verdauen. Überflutet von unzähligen Fragen antwortete das Kaninchen erstmal nur stotternd auf eine einzige: „Mein Na - Name ist ähhh - ... “

Niko kam es wie eine Ewigkeit vor, bis es aus dem Tier herausschoss: „Mein Name ist Kiki!“

Niko war überrascht, denn in seinen Jahren bei seiner früheren Familie hatte er einen solchen Namen noch nie gehört: Kiki. Seltsam. Da er aber mehr über dieses Tier herausbekommen wollte, fragte er es begierig und ohne jeglichen Anstand weiter aus. „Was machst du denn hier überhaupt so allein?“ „Ich bin hier, weil...“ Kiki zögerte kurz, holte tief Luft und begann von vorne: „Ich bin hier, weil ich von meiner

Familie allein gelassen wurde. Der Wald ist jetzt mein neues Zuhause. Ich lebe hier." Dem Kaninchen kullerte ein dicker Tropfen langsam über die flauschige und früher mal strahlend weiße Wange, die nun aber ziemlich grau aussah und traurig herunterhing. Niko vermutete, dass Kiki gleich ganz in Tränen ausbrechen würde. Was sollte er dann nur tun? Sollte er das Tier so trösten, wie er damals Charlie getröstet hatte? Charlie. Nun musste auch der Hund gegen die Traurigkeit ankämpfen. So konnte er niemanden beruhigen. Er fühlte sich schwach.

„Ich bin allein gelassen worden." Jetzt hatte er es zum ersten Mal richtig ausgesprochen. Damit war ihm klar: Er war ein Streuner ... genau wie das Kaninchen. „Wir haben etwas gemeinsam", flüsterte er dem flauschigen Fellknäuel zu. Das Kaninchen hob fragend ein Ohr hoch und lauschte aufmerksam. „Was hast du gesagt?" „Wir haben etwas gemeinsam!" Niko fühlte sich inzwischen deutlich sicherer; jedenfalls sicherer als das andere Tier. Recht unbeholfen erschien es weiterhin noch und nichts konnte darüber hinwegtäuschen, dass Kiki ziemlich verzweifelt war. Der Hund wollte dem Kaninchen immer noch seine Hilfe anbieten. Also ging er noch näher an das Tier heran und fragte ganz direkt: „Willst du mit mir befreundet sein?" Er konnte sich Kiki gut als Gefährtin vorstellen: vielleicht noch etwas verspielt und möglicherweise ein wenig zerbrechlich, aber bestimmt sehr hilfsbereit. Das Wichtigste war in jedem Fall, dass beide eine ähnliche Erfahrung gemacht hatten. So konnten sie beide nachvollziehen, was der andere gerade dachte. Das verband sie miteinander.

„Willst du nun mit mir befreundet sein?" Niko wiederholte seine Frage ein wenig ungeduldig. Er war einfach nervös. Das Kaninchen wirkte zwar ein bisschen verwundert, nahm den Vorschlag aber trotzdem an. „Dann habe ich einen Gefährten und bin nicht allein, wenn ...", wisperte das flauschige Tier leise. „Was meinst du damit?" „Ach, es gibt hier ja noch Waldtiere, die schon immer hier leben. Ein paar von denen vertragen sich nicht so gut mit fremden Tieren oder lassen sie einfach links liegen.

Ich bin eins davon. Sie nehmen mich einfach nicht in ihre Gemeinschaft auf. Ich bin ihnen bestimmt nicht gut genug."
Niko machte sich ein Bild von dem, was Kiki eben gesagt hatte. Langsam setzte sich alles wie ein Puzzle zusammen und er würde bald wissen, was hier bei ihm los war. „Hat diese Gemeinschaft eigentlich einen Namen?" „Ich weiß es ehrlich gesagt nicht", gab Kiki zu. Das Kaninchen schüttelte sich kurz, da ein kleiner Käfer auf seinem Fell herumkrabbelte. Dabei flogen ihm seine langen Ohren um den Kopf, was so lustig aussah, dass Niko kurz darauf anfangen musste zu kichern. Kiki stimmte mit ein und bald lachten beide so heftig und hemmungslos, dass sie sich auf dem Boden rollten, weil ihnen ihre Bäuche wehtaten. Wie gut sich das anfühlte, einfach mal ausgelassen zu sein! Kiki und er mussten sich erst einmal von dem frechen Käfer erholen.

So stelle ich mir Kiki mit fliegenden Ohren vor:

Niko beobachtete daraufhin, dass das Kaninchen schließlich ganz tief Luft holte und erst langsam wieder gleichmäßig atmen konnte. Ihm selbst ging es nicht anders. Bei dem ganzen Gelächter hatte er inzwischen vollkommen vergessen, weiter nach den Waldtieren zu fragen. Auch wenn sie Kiki nicht mochten - er, der süße Hund, hatte bisher wirklich jeden begeistern können. „Das wäre doch gelacht“, dachte er noch, bevor er spürte, wie ein leichter Wind aufkam. Er hauchte die Blätter der Bäume an, wodurch diese leicht und flockig raschelten.

Als sich Niko und Kiki endlich wieder gefangen hatten und normal auf ihren Pfoten stehen konnten, machten sie sich auf den Weg, um die Waldtiere aufzusuchen. Niko hoffte inständig, in die Gemeinschaft aufgenommen zu werden. Er war hungrig und brauchte Verbündete in diesem Wald.

Die Waldtiere

Die Rettung schien zum Greifen nah: Es gab tatsächlich noch andere Tiere! Vor allem lebten sie wohl schon immer in diesem Wald und kannten sich hier aus. So jedenfalls hatte das Kaninchen es dem Hund vorhin aufgeregt berichtet. Niko konnte sich ein breites Grinsen nicht verkneifen. Wie schwer konnte es wohl sein, einfache Waldtiere von sich zu überzeugen?

Diese Waldtiere waren Tiere, die tagein, tagaus nur zwischen Bäumen hin- und herliefen. Diese Waldtiere waren Tiere, die niemals etwas anderes als irgendwelche langweiligen Pflanzen oder höchstens mal versehentlich eine glitschige Schnecke gefressen hatten. Allein bei dem Gedanken daran musste er sich schon schütteln und gegen die im Hals hochkriechende Übelkeit ankämpfen. Diese Waldtiere waren Tiere, die immer auf ihren vier Pfoten oder Hufen liefen und niemals...

Da kam ihm eine Idee. Ja! Das musste die Lösung für all seine Probleme sein! Jetzt hatte sich die ganze Mühe ausbezahlt. Endlich. Er schnappte sich das Kaninchen - es schielte vor lauter Verwunderung - und warf es übermütig in die Luft. Offenbar hatte er seine Kraft allerdings falsch eingeschätzt und musste recht bald hilflos mit ansehen, wie das zarte Fellbündel direkt auf einen großen Baum zuflog. Es kniff mit aller Kraft die Augen zusammen, legte die Pfoten schützend vor den Bauch und erwartete jeden Augenblick den Aufprall. Näher und näher kam der Baum - die Zeit schien stillzustehen - das Kaninchen konnte schon die Rinde riechen und glaubte sogar, die raue Oberfläche zu spüren...

So durfte es aber einfach nicht enden. Nicht jetzt, nicht hier. Das Kaninchen bündelte seine Gedanken zu einem einzigen Wunsch, den das Tier immer wieder wiederholte: „Ich will nicht mit diesem Baum zusammenstoßen! Ich will nicht mit diesem Baum zusammenstoßen! Ich will nicht mit diesem Baum zusammenstoßen! Ich will nicht mit –“

So stelle ich mir das fliegende Kaninchen vor:

Da blieb das Tier plötzlich mitten in der Luft stehen. Ja, in der Tat! Die Zeit machte offenbar eine Pause. Konnte das überhaupt wahr sein? Waren seine Gedanken so mächtig, dass diese die Welt zum Stillstand bringen konnten? War das Kaninchen in Wahrheit vielleicht sogar ein Super-Kaninchen? Vorsichtig lugte es erst durch das eine und dann durch das andere Äuglein. Schließlich entdeckte Kiki sofort alle Antworten auf alle Fragen: Niko! Schade, es war nun doch kein Super-Kaninchen. Wie enttäuschend. Als Super-Kaninchen hätte es die Waldtiere bezwingen und als Freunde gewinnen können; ganz bestimmt sogar. Als Super-Kaninchen hätte es problemlos für ausreichend Futter sorgen können. Als Super-Kaninchen ... Es war aber offensichtlich nur ein gewöhnliches Kaninchen, das von einem gewöhnlichen Hund gerettet worden war. Schade!

Sollte es seine Enttäuschung jetzt an diesem Hund auslassen? Kiki hatte bereits die linke Pfote erhoben, um Niko zu drohen, als das verdutzte Tier plötzlich wie aus dem Nichts etwas ziemlich Nasses im Gesicht spürte. Das war doch nicht…? Doch! Nikos Zunge! Es war wirklich seine lange, rote, warme und vor allem ziemlich feuchte Zunge. Widerlich! Einfach widerlich. Wer konnte diese Hunde schon verstehen? Das Kaninchen jedenfalls hatte große Schwierigkeiten damit. Dennoch war Kiki ihm natürlich dankbar für die Rettung. Da machte es auch gar nichts, einige Haare verloren zu haben. Die wuchsen sicherlich wieder nach. Viel wichtiger war es, dass Niko seine erstaunlichen Fähigkeiten gezeigt hatte.
Davon mussten die Waldtiere auf jeden Fall begeistert sein! Eine andere Möglichkeit gab es einfach nicht. So sah das auch der stolze Hund, der seine Schnauze jetzt ein wenig höher trug, um zu zeigen, wie wichtig er war. Kiki war beeindruckt. Niko schäumte über vor Stolz über seine Heldentat. Er hatte einem Tier das Leben gerettet! Er fühlte sich einfach großartig. Jetzt war es aber nun wirklich an der Zeit, dem Kaninchen das Kunststück vorzuführen, mit dem er die Waldtiere beeindrucken wollte: Pfotenstand mit anschließender Rolle vorwärts. Als Zugabe hatte er noch seinen Hundeblick zu bieten, den Kiki ja bereits kannte und der sich gewaschen hatte.

Mit diesem hatte er früher immer genau die Leckerlis bekommen, die er sich gewünscht hatte. Der unwiderstehliche Hundeblick war ihm angeboren; für den Pfotenstand und die Rolle vorwärts hatte er allerdings unzählige Male trainieren müssen. Hierbei war er oft hingefallen und mit vielen blauen Flecken wieder mühsam aufgestanden. Erst nach ungefähr einem halben Jahr hatte er alle mit einer tadellosen Vorführung begeistern können.

Augenblicklich ging es los: mit einem Hinterbein Schwung nehmen, nach vorne kippen lassen, die Vorderpfoten aufsetzen, die Hinterbeine hochziehen und dann kerzengerade stehen. Alles klappte wunderbar. Er fühlte sich jetzt so sicher, dass er es sogar wagte, eine Pfote nach oben zu ziehen und somit auf nur einem einzigen Bein zu balancieren. Niko hatte sich selbst übertroffen! Eine gefühlte Ewigkeit konnte er tatsächlich mühelos das Gleichgewicht halten und wackelte kein bisschen. Perfekt! Das Kaninchen klatschte begeistert Beifall.

Anschließend begann der Hund mit den Vorbereitungen für die Rolle vorwärts. Beim Beugen der Vorderbeine warf er einen Blick auf das Kaninchen. Jedenfalls versuchte er das. Kiki war aber weg! Das konnte doch gar nicht sein! Wo war es nur hingelaufen?
Niko geriet vor Aufregung ins Wanken und fiel dann einfach um. Bevor er sich jedoch weitere Gedanken machen konnte, sah er etwas, was er so nicht hatte kommen sehen. Verwundert rieb er sich mit seinen schlammverschmierten Pfoten die Augen. Es war nicht zu fassen: Vor ihm saß ein Eichhörnchen. Ein echtes Eichhörnchen! Mit seinem buschigen Schwanz, den runden Knopfaugen und dem entzückenden kleinen Stupsnäschen erweckte es den Eindruck, als ob es gleich zusammen mit Niko eine gemütliche Runde *Monopoly* spielen wollte. Der Nager sah so goldig aus, dass es ihm zuerst den Atem raubte. Nicht so goldig war hingegen das freche Grinsen, das den Blick auf unverschämt spitze Zähne freigab – das Eichhörnchen rieb diese anschließend so fest aneinander, dass sie quietschten. So klang es, wenn man mit den Fingernägeln über eine Tafel kratzte. Unerträglich! Alles in dem Hund zog sich zusammen; er jaulte kurz auf und hielt seine Ohren mit seinen Pfoten notdürftig zu. „Hör auf damit!“ „Du willst mir sagen, was ich zu tun und zu lassen habe? *Du* bist es doch, der sich ohne Erlaubnis in meinem Wald aufhält!“ „In *deinem* Wald?“ Nicht nur Niko selbst konnte die Verzweiflung in seiner Stimme hören. Er räusperte sich und gab sich jetzt besonders große Mühe, stark zu klingen. „In *deinem* Wald? Wie kann denn ein so kleines Tierchen, das den ganzen Tag noch kleineren Nüssen hinterherjagt, über einen ganzen Wald bestimmen?“ Darauf hatte das Eichhörnchen offenbar nur gewartet. Mit eisigem Blick starrte es Niko an und schnippte zweimal kurz mit den Fingern der rechten Pfote. Ein langer Pfeifton gellte durch die Luft. Die Blätter an den Ästen zitterten. Ein scharfer Windhauch erfasste Niko, der spürte, wie sich seine Fellhaare kräuselten. Danach Stille. Kein Ton war zu hören.

Die Vögel rührten sich nicht. Sie hielten den Atem an. Dunkle Wolken zogen auf und verdeckten schlagartig die Sonne. Es war gespenstisch. Niko hörte nur noch seinen eigenen Herzschlag, der sich spürbar verlangsamte. Wie in Zeitlupe spielte sich nun vor seinen eigenen Augen eine unglaubliche Szene ab: Aus einem Gebüsch trabte ein Hirsch heran, der von einem Waschbären begleitet wurde. Beide Tiere hatten einen ebenso eisigen Blick wie das Eichhörnchen, das jetzt wie angewurzelt auf dem Waldboden saß und seinen Schwanz im Takt gleichmäßig nach links und rechts wippen ließ. Passend dazu setzte der Hirsch eine Hufe und der Waschbär eine Pfote vor die andere. Sie marschierten wie Soldaten, und zwar direkt in Nikos Richtung. Er selbst konnte sich vor Erstaunen nicht bewegen, obwohl jetzt der richtige Moment gewesen wäre, einfach davonzulaufen. Irgendetwas hielt ihn vor einer Flucht jedoch zurück. Er war wie erstarrt. Kurz bevor der Hund

niedergetrampelt wurde, blieben die Waldtiere auf ein weiteres Zeichen des Eichhörnchens wie vom Donner gerührt stehen und grüßten den kleinen Nager, indem sie einen kurzen Laut von sich gaben. Danach bildeten alle drei Tiere einen engen Kreis um Niko. Er war umzingelt. Eine Flucht schien unmöglich. Er konnte jetzt nun wirklich nicht mehr wegrennen. Voller Entsetzen musste er anschließend erleben, wie alle an ihm schnupperten und anschließend niesten. Stank er etwa? Er schämte sich ein wenig, weil er ahnte, nicht mehr ganz so frisch zu riechen wie damals in der Familie. Dort hatte man ihn oft gebadet und ständig sein Fell frisiert. Auch seine Krallen waren ihm regelmäßig gekürzt worden. Jetzt waren sie nicht nur lang, sondern vor allem völlig verkrustet. Sein Fell sah glanzlos aus und fühlte sich verfilzt an. Er seufzte traurig auf.
„Wer bist *du* denn?" Die Waldtiere sahen nicht nur unfreundlich aus; sie klangen auch so. Niko konnte sich nicht entscheiden, ob der Waschbär, der Hirsch oder das Eichhörnchen die schlimmste Gestalt von allen war. „Mein Name ist Niko. Ich bin - wie man ja sehen kann - ein Hund." „Lass mich raten", flötete der Waschbär, während er verächtlich seine Barthaare flattern ließ, „wir haben hier wohl einen Streuner, der von zuhause ausgerissen ist, weil ihm das Leben zu langweilig war und er zwischendurch mal ein Abenteuer wollte. Hat dein Herrchen etwa nicht genug Spielzeug für dich gekauft?" Genervt trommelte er mit einer Vorderpfote auf dem Boden herum und verfehlte nur knapp eine Schnecke, die gerade auf dem Weg zu ihren Kindern war.
Der Hund holte Luft und setzte zu einer Erklärung an. Noch bevor er jedoch irgendetwas sagen konnte, riss der Waschbär das Wort wieder an sich: „Du bist ein wirklich furchtbarer Hund. Du willst dich als Haustier mit den echten Tieren vergleichen. Du bildest dir wohl ein, dass du durch ein paar Nächte im Wald mitreden kannst und weißt, wie dieses Leben läuft. In Wahrheit hast du aber überhaupt keine Ahnung und wirst auch niemals eine Ahnung haben. Ein Pfotenstand ist sicherlich

nicht das, was dir dein Überleben sichert. Du musst dich vor allem um Futter bemühen. Nur wenn du Futter besorgen kannst, wirst du hier überleben. Du weißt aber gar nicht, wie du an Nahrung kommst, weil man dir dein Fresschen immer im glänzenden Schälchen serviert hat. Das ist lächerlich. Du bist lächerlich. Ich mag dich nicht.“ Er schaute die anderen Tiere an. Als diese nickten und damit ihre Zustimmung ausdrückten, sprach der Waschbär weiter: „*Wir* mögen dich nicht. Es fängt schon damit an, dass du einen Namen hast, den dir die Menschen gegeben haben. Mit einem menschlichen Namen bist du kein richtiges Tier mehr. Wir Waldtiere tragen keine Namen, weil wir eben durch und durch Tiere sind. Echte Tiere. Dein albernes Halsband kannst du auch gleich wegwerfen. Niemand von uns mag Tiere mit einem Halsband. Es ist ein Zeichen für Gefangenschaft. Es ist ein Zeichen dafür, dass du den Menschen gehorchst. Wir verachten die Menschen. Sie jagen uns.“

Niko spürte sofort, wie Wut und Traurigkeit gleichzeitig in ihm aufstiegen. Das war ungerecht! Die Menschen wollten nicht mehr mit ihm befreundet sein und die Tiere konnten ihn genauso wenig leiden. Nur das Kaninchen hatte ihm zugejubelt und auf seiner Seite gestanden. Jetzt war diese Stelle aber auch leer – Kiki hatte ja offensichtlich die Flucht ergriffen und ihn damit im Stich gelassen. Niko konnte nichts sagen und starrte das Eichhörnchen, den Waschbären und den Hirsch nacheinander mit offenem Maul entgeistert an. Es war ihm jetzt vollkommen klar, mit wem er es zu tun hatte. Sein Pfotenstand und eine Rolle vorwärts konnten ihm wirklich nicht mehr helfen. Den Hundeblick versuchte er gar nicht erst. Solche Fähigkeiten interessierten hier niemanden. Er interessierte niemanden. Er war erledigt. Eine erste schüchterne Träne rollte traurig aus seinem rechten Auge. Eine zweite folgte nach einer Weile, eine dritte kam hinterher, eine vierte, eine fünfte, eine sechste... Im Tränenwasser versickerte auch seine Hoffnung auf ein angenehmes Waldleben mit den Waldtieren, die von einem

Eichhörnchen, einem winzigen Eichhörnchen, beherrscht wurden. Eins war klar: Er hatte keine Wahl. Niko warf sich auf den Rücken und streckte alle Beine in die Luft. Auf diese Weise zeigte er den Waldtieren ganz deutlich, dass er aufgab. Das Eichhörnchen - als Anführer seinen Sieg feiernd - schnippte dreimal mit der rechten Pfote und lachte höhnisch. Augenblicklich war nun alles wieder wie vorher. Die Sonne lachte, die Vögel zwitscherten, die Blätter hatten sich wieder beruhigt und wippten bedächtig mit dem leisen Windhauch. Eine angenehme Kühle breitete sich gemütlich aus und schmiegte sich sanft an den Wald. Alle Waldtiere waren plötzlich verschwunden und ließen den sprachlosen Hund zurück, der kurz an dem zweifelte, was gerade eben erst geschehen war.

Wie albern, wie affig, wie lächerlich das war! Fast hätte er darüber gelacht, wenn nicht immer und immer wieder zwei Fragen durch seinen Kopf gesaust wären:
Wo war das Kaninchen? Was sollte er jetzt bloß tun?

Die weise Eule

Einsam trottete Niko im Wald herum.
Seit nahezu einer Woche war er nun auf den Beinen und hatte nach etwas Essbarem gesucht. Leider war er nicht sehr erfolgreich gewesen. Bis auf ein wenig Grünzeug, das er mühsam aufgetrieben hatte, war sein Ertrag nicht spürbar höher gewesen. So kam es, dass er zuhause seine kümmerliche Beute hinter das Blätterbett warf und traurig dreinschaute. Das Auskommen mit der Nahrung war ja schon schwer genug, doch an ihm nagte die Feststellung, dass sein Freund, das Kaninchen, nicht mehr bei ihm war. Ob es Niko mit irgendetwas überraschen wollte oder sich nun selbst ein Zuhause geschaffen hatte? Vielleicht hatte Kiki im Geheimen davon geträumt. Aber anscheinend kam Niko nicht darin vor. Völlig erschöpft legte sich der Hund gemächlich hin. Unzählige Gedanken schwirrten in seinem Kopf herum und er blickte nachdenklich zu Boden, bis er schließlich einschlief.
Als Niko von etwas Feuchtem geweckt wurde, waren schon ein paar Stunden vergangen. Er blinzelte und sah, wie einige Regentropfen gleichmäßig auf seine Schnauze fielen. Der Hund atmete die klare Luft tief ein und schaute sich um. Als sein Blick an dem Platz seiner Essensvorräte vorbeiglitt, riss er rasch die Augen auf und schaute erneut hinter sein Bett. Seine Vorräte waren verschwunden! Anstatt eine Ansammlung von Wurzeln, Beeren und Gräsern vorzufinden, herrschte hinter seinem Blätterbeet gähnende Leere. Niko durchschnüffelte die Umgebung. War der Dieb womöglich noch in seinem Revier?
Und plötzlich... ein Rascheln!
Geduckt schlich er zu seinem Schlaflager und ging in Deckung. Nikos Ohren richteten sich auf und er hörte gespannt, ob er nochmal ein solches Geräusch vernehmen konnte. Doch bald fing es erst richtig an zu regnen. Das Rauschen verschluckte fast gänzlich jeden noch so

grellen Laut. Der kleine Hund seufzte. Jetzt würde er seine Beute nie mehr zurückbekommen! Dann dachte er auch noch an die anderen Waldtiere, die ihn bestimmt aus dem Wald drängen und endgültig verjagen würden. Niko war am Boden zerstört. Niedergeschlagen überlegte er, was er nun tun sollte. Aufgeben wäre natürlich auch eine Möglichkeit gewesen, doch das wollte er sich selbst nicht eingestehen. Ein solcher Misserfolg wäre für ihn allerdings nicht hinnehmbar, wo er doch unbedingt von den Waldtieren aufgenommen werden wollte. Also musste er wohl in den sauren Apfel beißen. Er durfte einfach nicht nachgeben - nicht jetzt! Das erkannte er. Schließlich gab sich Niko einen Ruck und tappte hinaus in den strömenden Regen. Der Himmel war wolkenverhangen und auf dem mittlerweile matschigen Waldweg hatten sich Pfützen gebildet.

So stelle ich mir Niko während des Regens im Wald vor:

Wenn Charlie jetzt hier wäre, würde er mit ihm auf jeden Fall in diese Wasserlöcher springen und sich selbst im Schlamm wälzen.
Er schüttelte sich und schob den Gedanken an seinen menschlichen Freund jedoch von sich. Niko musste jetzt nach vorne schauen und durfte nicht in der Vergangenheit wühlen. Schließlich ging es hier um sein Überleben. Etwas mulmig zumute schaute sich der Hund um. Obwohl er nun schon eine ganze Weile hier im Wald verbracht hatte, kam ihm das alles noch nicht so ganz geheuer vor. Und dieses Gefühl wurde nun auch noch verstärkt.
Plötzlich hörte er wieder ein Rascheln.
Erschrocken fuhr er herum und sah hinter sich, wie ein paar Blätter im Windzug des vorbeigesausten Tieres herumwirbelten. Ging es hier überhaupt um ein Tier? Er überlegte. Aber eigentlich gab es daran keinen Zweifel. Immerhin hatte er inzwischen schon bemerkt, dass sich im Wald auch diese schleimigen Schnecken herumtrieben. Konnte es sein, dass sich diese nun doch als gemeine Diebe entpuppten? Schließlich hatten sie sowieso schon viele schlechte Eigenschaften aufzuweisen. Das erschien ihm nach genauen Überlegungen dann aber doch sehr abwegig, weshalb er sich mit neuem Mut vom Weg entfernte und durch die Büsche ging. Nur ab und zu schaute er zur Sicherheit nochmal, ob im Unterholz Schleimspuren zu entdecken waren.
Nach kurzer Zeit befand er sich plötzlich auf einem anderen Weg, wobei die Bezeichnung *Weg* wohl etwas übertrieben war. Eher war das, was der kleine Hund jetzt zu Gesicht bekam, höchstens ein etwas groß geratener Trampelpfad. Das musste aber auch heißen, dass hier regelmäßig Tiere vorbeikamen. Niko war anscheinend auf der richtigen Spur. Gebannt folgte er dem Weg bis zum Ende, wobei er manchmal auf enge und vom Pfad abgehende Schneisen traf. Zuerst war der Hund ratlos: Wohin sollte er nur gehen? Er dachte angestrengt nach und entschied sich schließlich doch für den breiten Weg. „Sicher ist sicher“, meinte Niko zu sich selbst.

Kurz darauf war der kleine Hund am Ende angekommen und schaute sich ein wenig verdutzt um. Der Wald vor ihm hatte sich gelichtet und der Trampelpfad verlor sich in einem breiten Feld, auf dem eine alte Birke thronte.

Mit ihrem großen Stamm und den vielen saftig sprießenden Blättern sah sie wirklich atemberaubend aus. Doch das war nicht das Einzige, was Niko staunen ließ – nein!

Neben dem Baum war nämlich eine Schlange von verschiedenen Tieren zu finden, die sich dort versammelt hatten: Niko sah eine Rehfamilie sowie eine Gruppe von Hasen, auf die dicht an dicht gekuschelt viele kleine Küken schreiend bei ihren Eltern saßen und hinter sich noch eine ganze Menge anderer Waldtiere herzogen. Alles in allem war es ein buntes Durcheinander.

Aufgeweckt und aufgeregt tappte Niko durch das nasse Gras. Jetzt war er doch neugierig geworden. Mit jedem Schritt sank der kleine Hund in dem Wirrwarr von Grünzeug immer tiefer ein. Mühsam glitten die nassen, klebrigen Halme über sein Fell und hinterließen lästige Spuren, die wie Schleim waren. Es fühlte sich an, als wäre eine Schnecke ringsherum über ihn gekrochen. Zudem musste das für andere heißen, dass er das auch zugelassen hatte. Wie abwertend für ein ehemals so gepflegtes und vor Sauberkeit glänzendes Tier!

Er schaute sich um und blieb mit seinem Blick an einer Rehfamilie hängen. Gespannt ging er auf sie zu und fragte sie schließlich stotternd: „Ähm... also... hallo... Ich wollte fragen, ob..." Doch die nächsten Worte blieben ihm im Hals stecken. Das Oberhaupt sowie die Mutter der Rehfamilie schauten ihn mit großen Augen verwundert an. „Jetzt red' doch endlich weiter", dachte der Hund und ärgerte sich über sich selbst, „oder willst du wie ein Dummkopf dastehen? Du musst jetzt deinen Mut zeigen. Sonst antworten sie dir vielleicht niemals." Niko atmete tief ein und versuchte es noch einmal: „Warum wartet ihr hier? Also, ich meine, es muss ja irgendetwas Besonderes sein, wenn schon eine so große Ansammlung von Tieren schön hintereinander vor einem Baum aufgereiht ist." „Ach, weißt du das noch nicht?", wisperte die Rehmutter fragend mit zarter Stimme. „Du musst wohl auch neu hier sein. Eigentlich gibt es einen ganz einfachen Grund: Hier in diesem Baum wohnt eine Eule. Wir nennen sie die *weise Eule*, denn bei ihr bekommen wir immer den besten Ratschlag, wenn wir Probleme haben.

Aber um hierherzukommen, brauchst du erst das..." Statt einfach zuzuhören, schnitt Niko ihr das Wort ab. Er war einfach zu aufgeregt und ungeduldig: „Was brauche ich? Was meinen Sie damit?" Sein Kopf lief auf Hochtouren: „Gab es hier noch andere Tiere, die wie er von ihren Besitzern ausgesetzt worden und jetzt alleine waren, und zwar hier im Wald?" „Erst vorhin ist ein Hase - oder besser gesagt ein Kaninchen - bei uns gewesen. Es hat sich ebenfalls gewundert, was wir hier machen. Allerdings ist es noch vor meinen Erklärungsversuchen schnell wieder verschwunden. Ich habe bemerkt, dass das Kaninchen eine Glocke sowie ein Halsband getragen hat. Moment mal! Da fällt mir auf, dass du auch ein Halsband trägst. Vor wem seid ihr denn weggelaufen?" „Das ist eine lange Geschichte. Es würde sich nicht lohnen, sie jetzt zu erzählen", entgegnete Niko der Rehmutter kurz angebunden. Nebenbei war ihm einiges klar geworden: Kiki musste zuvor hier gewesen sein. Möglicherweise hatte sie ihm seine Mahlzeit geklaut. Aber warum hätte dieses so entzückende, unschuldig wirkende Tier ausgerechnet das tun sollen? Warum? Wollte Kiki Niko irgendwo hinlocken und ihm vielleicht etwas zeigen? Immerhin wäre das ein möglicher Grund für das Vergehen gewesen. „Haben Sie eine Ahnung, wohin es gelaufen sein könnte?", fragte Niko, bereits sehr gespannt auf die Antwort. „Ja, soweit ich mich entsinne ... "

Es dauerte eine Weile, bis das scheue Tier ihm antwortete: „Dorthin!" Die Rehmutter deutete dabei mit ihrem Kopf auf eine weit vom Baum abgelegene winzige Öffnung, die von der Lichtung wieder tief in den Wald führte. „Alles klar, danke nochmal!", rief der Hund fröhlich und hatte sich schon gerade zum Gehen entschieden, als das Reh ihn noch einmal aufhielt: „Du musst noch etwas wissen, bevor du gehst."

Niko drehte sich ein wenig verwirrt zu dem Wildtier um. „Was denn?"

„Wegen deiner Frage, als du vorhin hier angekommen bist ...", begann die Rehmutter und legte eine kurze Pause ein. Anscheinend tat es ihr nicht so gut, wenn sie so laut sein musste, weshalb Niko ein paar Schritte näher kam. Als sich das Reh wieder gefangen hatte, meinte es – nun ein bisschen leiser: „Um hier einen Rat von der weisen Eule zu bekommen, musst du erstmal an das goldene Eichenblatt kommen." „Und wie mache ich das?", fragte Niko. Seine Neugier war geweckt.

„Ich habe keine Zeit mehr, dir das genau zu erklären. Frag das Eichhörnchen! Es hat... Oh, unsere Familie ist schon an der Reihe und die hinter uns", sie rollte genervt mit ihren braunen Augen, „werden schon ungeduldig ... Es tut mir leid", meinte die Mutter voller Mitgefühl.

„Na toll ..." Der Hund knurrte ärgerlich in sein Fell hinein, als er weitergegangen war. Jetzt hatte er bloß die Information, an irgendein goldenes Eichenblatt herankommen zu müssen, um einen Rat der weisen Eule zu erhalten. Allerdings hatte Niko nicht die geringste Ahnung, wie er das anstellen sollte! Außerdem: Was hatte das

Eichhörnchen eigentlich damit zu tun? Ausgerechnet dieses Tier konnte er aber auf gar keinen Fall ansprechen! Er wusste nicht einmal, wie das Blatt genau aussah.

So stelle ich mir das goldene Eichenblatt vor:

Zuerst musste er sich aber unbedingt um Kiki kümmern. Es war wichtig, das betrügerische Kaninchen unbedingt zu finden, weil es vermutlich ein Dieb war und Niko irgendwie von seinem Waldzuhause hatte wegführen wollen. Für ihn lag alles ganz klar auf der Pfote!

Mittlerweile war Niko wieder am Waldrand bei dem Weg angekommen, von welchem die Rede gewesen war. Er hatte von Weitem wie ein großer Waldweg ausgesehen. Allerdings war, wie sich nun herausstellte, der meiste Teil mit Pflanzen überwuchert, so dass nur noch ein klitzekleiner Trampelpfad übrig geblieben war. Offenbar hatten sich die Tiere, die vor ihm hier entlanggelaufen waren, nur mühsam diesen schmalen Durchgang gebahnt. Während Niko weiterlief, machte er sich immer wieder Gedanken, die darum kreisten, wo Kiki wohl geblieben war. In regelmäßigen Abständen rief er nach ihr, hatte aber keinen Erfolg. Als er schon aufgeben wollte, sah er jedoch Spuren – Pfotenabdrücke, die tief in der schlammigen Erde versunken waren. Kiki musste hier irgendwo in der Nähe sein! Auf einmal kam wieder Zuversicht in ihm hoch. Es war, als würde er Licht am Ende eines dunklen Tunnels zu sehen bekommen. So schaute sich Niko nun mit vollem Eifer an der Stelle um, wo er die Abdrücke entdeckt hatte. Da war aber nichts außer Gestrüpp und Schlamm!

Plötzlich stach ihm etwas ins Auge: etwas, was er sich bis jetzt nie hätte träumen lassen. Schnell folgte Niko der Fährte und traf schließlich auf etwas Atemberaubendes. „Das kann doch nicht sein!", dachte er verzweifelt. Was sollte er jetzt bloß tun? Seine Augen erblickten Kiki, die belustigt zwischen all den Büschen und Bäumen lag, ihre Pfoten nach vorne streckte und kicherte. Der Anblick des Kaninchens war allerdings noch nicht das, was ihn so entsetzt hatte. Auf Kikis Bauch hatten sich nämlich Schnecken versammelt und krochen kreuz und quer über ihren Körper, sodass das ganze Fell vollständig verklebt war.

Schließlich bemerkte das Kaninchen auch den Hund: „Hallo Niko, da bist du ja endlich. Komm doch her! Es macht Spaß, die Schnecken über sich schleimen zu lassen. Aber nicht erschrecken – es kitzelt ein wenig.“
Vorsichtig tapste Niko näher heran. „Da bist du ja endlich... Was meinst du damit?”, fragte er noch ein wenig angeekelt von den Schnecken. Sie schienen nur so auf ihn zu warten, um ihn anschließend mit ihrem widerlichen Schleim zu attackieren – ausgerüstet mit Helm und Brustplatte. „Na, ich habe dich extra hierhergebracht! Das Essen habe ich gestohlen, um dich auf mich aufmerksam zu machen. Ich wollte dir die vielen Schnecken hier zeigen. Sind sie nicht süß?”, meinte Kiki und tätschelte einer Schnecke behutsam das Schneckenhaus.
„Ja, also ... nein! Ich mag einfach keine Schnecken”, stotterte Niko. Nun hatte er die Bestätigung, dass es Kiki gewesen war. Sie hatte also sein Essen gestohlen und sie war es gewesen, die er gesehen hatte. Er war fassungslos. Wie konnte das Kaninchen es wagen, ihn wegen dieser furchtbaren Tiere im Stich zu lassen? Ein echter Freund würde das nicht machen. Niemals.
„Was ist jetzt eigentlich mit meiner Beute?”, wollte Niko wissen. Er war wütend. Nein, er war wütend und enttäuscht. „Beute? Dass ich nicht lache! Das waren doch nur ein paar Blätter und Beeren. Die habe ich für die Schnecken liegen gelassen. „Das ist doch....” Niko schluckte. „Das kann doch nicht....” Der Hund war sprachlos. Ihm bleiben die Worte im Hals stecken. Sie haben alles übrigens schon angeknabbert”, entgegnete Kiki lächelnd. Das Kaninchen schien nicht zu verstehen, weshalb Niko so entsetzt war. Der Hund brummte und grummelte daraufhin etwas Unverständliches in seine Schnauze, die noch vor Wut zitterte. Er riss sich aber zusammen. „Können wir jetzt endlich gehen?” Immerhin hatte er seine Worte wiedergefunden.
„Einen Moment noch!”, trompetete Kiki aufgeregt. „Eigentlich wollte ich dir das hier zeigen.” Das Kaninchen hoppelte zu einem Blätterhaufen und wühlte hektisch darin herum. Das, was dann zum

Vorschein kam, ließ Niko ungläubig lächeln. „Für mich?" Der Hund rieb sich die Augen und wedelte freudig mit dem Schwanz. „Für dich!" Kiki nickte strahlend.

Nach meiner Vorstellung findet Niko Folgendes im Blätterhaufen:

Jetzt begriff der Hund, dass Kiki es besonders gut mit ihm meinte. Das Kaninchen hatte an ihn gedacht und für ihn gesorgt. Niko war gerührt. Satt und zufrieden gingen beide Tiere schließlich Seite an Seite zurück in ihren alten Unterschlupf und schliefen augenblicklich ein.

Die Falle

Am nächsten Morgen wachte Niko schlaftrunken in seinem moosigen Nest auf. Seine Augenlider waren sehr schwer und er streckte sich gemütlich. Seine Freundin Kiki schlief tief und fest. Schließlich genoss der Hund das morgendliche Rauschen des Windes und sah direkt in einen wunderschönen, grünlich sprießenden Wald. Der Morgentau glänzte im Licht der lilarot gefärbten Sonne. Die Vögel zwitscherten genüsslich.

Doch plötzlich riss ihn ein durchdringender Schrei aus den Gedanken. Niko erstarrte und sein Blut gefror ihm förmlich in den Adern. Das schöne Vogelgezwitscher war auf einmal wie weggefegt. Er hörte nur noch das Flattern einiger Vögel, die offenbar das Weite gesucht hatten. Was war das? Blitzschnell rasten ihm verschiedene Gedanken durch den Kopf. War das Eichhörnchen mit seinen Gefährten wieder hier? Er taumelte einige Schritte nach hinten und sah wirklich den Hirsch und den Waschbären auf ihn zukommen. Doch einer fehlte: das Eichhörnchen. Es war verschwunden! Obwohl die Gegner weniger als zuvor waren, ging Niko in Deckung. Unerwartet rief der Waschbär ihm etwas zu, was der Hund nun sichtlich verwirrt vernehmen konnte: „Wir brauchen deine Hilfe!"

Die Tiere, die ihn vorher verabscheut hatten, benötigten nun seine Hilfe? Er konnte es nicht fassen und musste schlucken. Unsicher kroch der Hund aus seinem Versteck hervor. „Ihr wollt wirklich, dass ich euch helfe?", fragte er vorsichtig. „Genau", antwortete der Hirsch mit barscher Stimme. „Das Eichhörnchen", begann er, „hat sich verletzt." Nun mischte sich auch der Waschbär ein, der die ganze Zeit still geblieben war. Er hielt sich an etwas fest, das er eben auf dem Waldboden gefunden hatte. Auf diese Weise war er abgelenkt und fühlte sich ein klein wenig sicherer.

„Unser Freund ist in eine Falle geraten und schwebt in großer Gefahr!" Niko war noch unentschlossen und überlegte. „Warum ruft euer Freund denn nicht die anderen Waldtiere? Ich meine, er hat doch die Macht über den ganzen Wald!"
„N-n-n-u -u- n." Der Waschbär stotterte. „Sie wissen einfach nicht, wie sie ihn aus der Falle befreien können." Der Hirsch fuhr fort: „Durch

deine Bekanntschaft mit den Menschen – dachten wir – könntest du es schaffen.“ Er senkte seine Stimme: „Und so sind wir zu dir gekommen.“
Niko dachte nach.
Dies konnte seine Chance sein, um endlich vom Eichhörnchen angenommen zu werden und das goldene Eichenblatt zu bekommen! Im Gegensatz zu den Waldtieren wusste der Hund immerhin, dass es bestimmte Menschen gab, die sich um verletzte Tier kümmerten. Ja, wirklich! Er kannte sogar einen von ihnen. Niko war diesem Tierarzt – so wurde er genannt – einmal begegnet, als ihm der Bauch wehgetan hatte. Dieser Mann hatte weiße Kleidung getragen und Niko mit seiner warmen Stimme beruhigt. Die Spritze in seinem Po hatte er kaum gespürt. Am Ende hatte er ihm sogar noch einen kleinen Knochen zugesteckt, an dem er die ganze Autofahrt herumgeknabbert hatte. Niko lächelte bei dem Gedanken an diesen schönen Moment. So ein netter Tierarzt kümmerte sich doch bestimmt auch um wilde Tiere. Niko konnte ihn bestimmt mit Leichtigkeit dazu bringen, in den Wald zu kommen und das Eichhörnchen zu behandeln.
Auf der anderen Seite hatten die Waldtiere seine Hilfe aber einfach nicht verdient. Die ganze Zeit waren alle sehr unfreundlich zu ihm gewesen und hatten ihm ihre Unterstützung verweigert. Sollte das Eichhörnchen doch selbst zusehen, wie es wieder aus der Falle kam! Es hatte ihm deutlich gezeigt, dass es an einer Freundschaft mit ehemaligen Haustieren nicht interessiert war. Niko spürte, wie er sich wieder über dieses kleine, aber sehr gemeine Geschöpf ärgerte.
Gleichzeitig bemerkte er allerdings auch, dass sich in ihm ein anderes Gefühl neben der Wut breitmachte. Es nagte ein wenig und ließ ihn schwitzen. Was war das nur? Niko dachte angestrengt nach und musste sich am Ende eingestehen, dass er Mitleid hatte. Es war zwar nur ein wenig Mitleid, aber es reichte aus, um ihn zweifeln zu lassen. Wenn er dem Eichhörnchen nicht half, würde sich das schlimme Gefühl bestimmt ausbreiten und ihn nie zur Ruhe kommen lassen. Außerdem

wäre er dann kein bisschen besser als der Nager. Wenn er dem Eichhörnchen allerdings helfen würde, könnte er ein Held sein, bewundert werden und als Super-Hund gefeiert werden! Als Super-Hund würde man ihm auch das goldene Eichenblatt übergeben. Als Super-Hund wäre er vielleicht der neue Anführer der Waldtiere und als Super-Hund könnte er der neue Super-Freund des Kaninchens sein, das er immer beschützen würde. Ja, ganz richtig: Auch im größten Jubelgefühl vergaß er die niedliche Kiki nicht. Schließlich war sie als ehemaliges Haustier bestimmt auch mal bei einem Tierarzt gewesen und hatte Erfahrungen auf diesem Gebiet gesammelt. Sie würden es gemeinsam schaffen, das Eichhörnchen zu retten. Gemeinsam waren sie schlau und stark! Niko spürte einen wohligen Schauer über seinen Rücken bis zur äußersten Schwanzspitze fließen. In ihm sammelte sich neue Kraft.
„Ja", sagte er schließlich mit fester Stimme und voller Überzeugung, „wir helfen euch - aber nur unter einer Bedingung: Ihr nehmt das Kaninchen und mich an." Die ihm eben noch gegenüberstehenden Tiere kamen auf ihn zu, nickten heftig und quittierten seine Aussage mit einem erleichterten Durchschnaufen. Sie wollten sich schon auf den Weg machen, da fiel Niko noch das Kaninchen ein, welches ja noch schlief. „Wartet", rief der Hund schnell, „ich muss noch etwas Wichtiges erledigen. Ich komme gleich!" Der Waschbär und der Hirsch gehorchten ihm und blieben stehen.

Niko rüttelte und schüttelte das Kaninchen, das aber einfach nicht aufstehen wollte. Schließlich gab Kiki ein schüchternes und vor allem müdes „Ja, was ist?" von sich. „Komm, steh jetzt endlich auf!", forderte der Hund energisch und voller Ungeduld. Das Kaninchen streckte sich langsam und gähnte. Es hatte wirklich keine Eile aufzustehen und ließ sich Zeit.

„Ich habe einen Plan, wie wir das goldene Eichenblatt bekommen!“, rief der Hund und hechelte nervös vor Aufregung. Kiki war auf einmal hellwach. „Wirklich?“ Ihre Stimme überschlug sich fast vor lauter Aufregung. „Ich erzähle dir alles auf dem Weg. Folge mir!“, befahl Niko, bevor das Kaninchen irgendwas dazu sagen konnte. Schließlich sah er den Hirsch und den Waschbären und schaute reichlich verwirrt drein. „*Die* sollen uns helfen?“, flüsterte es ungläubig. „Nein“, erwiderte der Hund, „nicht direkt. Warte einfach ab und vertraue mir.“

Während der Wanderung durch den Wald erklärte er dem Kaninchen den ganzen Plan. Es war erstaunt und bewunderte den Hund für seine Klugheit. „Das ist ja fabelhaft“, jubelte Kiki schon fast zu laut.

So stelle ich mir das jubelnde Kaninchen vor:

Nach kurzer Zeit waren schon die ersten verzweifelten Schreie des Eichhörnchens zu hören. „Wir sind ganz in der Nähe“, flüsterte der Hirsch so beruhigend, wie er nur konnte. „Schnell!“ Alle rannten so rasch sie konnten. Da kam Niko ein Geistesblitz. „Stopp“, schrie er plötzlich wie von einer Tarantel gestochen, „hier könnten noch mehr Fallen liegen!“ Die anderen erstarrten. Sich Schritt für Schritt vortastend schlichen sie vorwärts. Gerade der sonst so freche Waschbär war sichtlich nervös und schwitzte vor Angst. Schon erspähte der Hund tatsächlich die erste Falle. Ihm stockte der Atem.

„Aufpassen!“ Niko stieß seinen Freund beiseite. Fast wäre er mit seiner zarten Pfote hineingetreten und hätte eine blutige Wunde davongetragen. Nun lag Kiki da; noch gelähmt von dem Schock. „Wir müssen die Falle irgendwie wegschaffen“, sagte der Hund, der als Erster wieder in der Lage war, ganze Sätze zu sprechen.

„Ich habe eine bessere Idee“, entgegnete der Waschbär wie aus dem Nichts. Er nahm einen Stock und warf ihn mitten in die Falle hinein. Augenblicklich schnappte sie zu, sodass sich niemand mehr an ihr verletzen konnte. Niko fehlten jetzt doch die Worte, was der Waschbär nur mit einem kurzen Nicken quittierte. Ganz benommen stand Kiki wieder auf.

Das Kaninchen konnte sich jetzt gut vorstellen, wie es dem Eichhörnchen ging ...

Der Plan

Das beunruhigende Gefühl hatte Kiki nicht getäuscht. Als das Kaninchen mit den anderen Tieren den Nager erreicht hatte, war ihnen allen sofort eins klar: Es stand schlimm um das Eichhörnchen. Seine verzweifelten und von Panik durchtränkten Schreie erschütterten den Wald und ließen jeden Grashalm erzittern.

Sämtliche Schnecken hatten sich in ihre Häuser zurückgezogen und die Eingänge fest verschlossen. Die Schüler aus der Ameisenschule hatten ihre Waldwanderung unterbrochen und saßen eng aneinandergekuschelt unter einem großen Blatt. Stumm starrten sie auf den Boden. Das Eichhörnchen litt offensichtlich unter entsetzlichen Schmerzen. Noch immer gellten spitze Schreie ununterbrochen durch den Wald. Die anderen Tiere mussten kurz schlucken und ganz tief durchatmen, um den Anblick ertragen zu können.

„Eichhörnchen", begann der Hirsch vorsichtig und bemühte sich darum, aufmunternd zu klingen, „wir werden dich befreien!" Der Nager unterbrach sein Kreischen, runzelte die Stirn und blickte fragend in die Runde. „Wer von euch sollte mir in meiner Lage schon helfen können? Wer von euch kennt sich denn überhaupt mit solch einer Falle aus? Ich kann mir einfach nicht vorstellen, dass einer von euch ..."

„*Wir* werden dich retten!" Niko ging mutig einen Schritt nach vorne und näherte sich dem Eichhörnchen bis auf wenige Zentimeter. Der Hund musste sich zwingen, nicht auf die Wunde zu schauen, obwohl er eigentlich sehr neugierig war. Er stand jetzt so nah bei ihm, dass er den Angstschweiß des Nagers riechen konnte. Ekelhaft! Warum mussten Hunde auch so feine Nasen haben? Er verdrängte den Würgereiz allerdings mit aller Kraft, da jetzt Wichtigeres zu erledigen war. Niko atmete tief durch, bevor er erneut ansetzte: „Eichhörnchen, wir - Kiki und ich - werden zu einen Tierarzt rennen und ihn bitten, dich zu befreien und dein Bein zu heilen. Wir kennen diesen Mann und wissen, dass er dir helfen wird. Vertrau uns bitte!"

„Wie könnte ich euch vertrauen? Ihr seid einfach keine Waldtiere. Daran ändert auch meine Lage nichts." „Herrje, können wir dieses leidige Thema nicht einfach mal lassen?" Jetzt schaltete sich sogar der Waschbär ein. Niko und Kiki waren überrascht. „Es ist doch wirklich so: Der Hund und das Kaninchen sind keine Waldtiere - das haben wir jetzt alle verstanden. Aber gerade weil sie keine Waldtiere sind, können sie dir helfen! Sie haben wertvolle Verbindungen zu Menschen, die wir eben nicht haben. Könntest du jetzt bitte mal deinen Stolz ablegen und die beiden machen lassen? Nutze doch diese Chance - die einzige

Chance, wenn ich das richtig sehe – und lass die beiden das tun, was sie für richtig halten. Ich jedenfalls glaube an Niko und Kiki!“
Das Eichhörnchen war sprachlos. Der Waschbär hatte doch tatsächlich die Namen der beiden Haustiere ausgesprochen! Sollte das etwa heißen, dass er sie mochte? Seine Gedanken schwirrten durcheinander wie unzählige Heuschrecken auf der Nahrungssuche. Er sah den Hirsch an, der dem Nager einen verächtlichen Blick zuwarf. Die beiden Waldtiere standen offenbar auf der Seite der Haustiere. Unglaublich!
Doch bevor der Nager sich beschweren konnte, waren Niko und Kiki auch schon verschwunden. Sie mussten sich beeilen, da es bald dunkel wurde. Während sie hastig den Wald durchquerten, hörten sie die Rufe eines Uhus. Heulte in der Ferne nicht auch ein Wolf? Das konnte durchaus sein. Wölfe waren vor nicht allzu langer Zeit in dieser Gegend gesehen worden. Niko wusste das von Charlies Vater, der ihm oft *Rotkäppchen* vorgelesen hatte. Ach, wie vermisste er die abendlichen Vorlesestunden... Niko geriet ins Nachdenken. Das Heimweh nagte wieder ganz schrecklich an ihm. Warum lief er jetzt nicht einfach zu seiner alten Familie zurück? Dort würde man ihn mit Sicherheit wieder aufnehmen. Sie konnten ihm doch nicht böse sein. Aber weshalb hatten sie ihn dann im Wald ausgesetzt?

Nikos Erinnerungen kamen in einzelnen Bildern zurück. Vor seinem inneren Auge sah er sich selbst im vergangenen Sommer mit Charlie über die Wiese toben, die hinter dem Haus lag. Der Junge hatte ihm gerade einen Ball zugeworfen, als von nebenan ein Wimmern zu hören gewesen war. Niko war sofort über den Zaun gesprungen, um nachzusehen. Er hatte die Gefahr deutlich gespürt. Und tatsächlich: Der Gartengrill der Nachbarn hatte umgestoßen auf dem trockenen Gras gelegen. Durch die heißen Kohlen hatte die Wiese sofort Feuer gefangen. Ganz in der Nähe hatte das Baby der Nachbarsfamilie im Kinderwagen gelegen und geweint. Für den Hund war eins sofort klar

gewesen: Er hatte das kleine Kind unbedingt vor dem drohenden Feuer in Sicherheit bringen müssen. So war er in den Kinderwagen gesprungen, der aber daraufhin ins Wanken geraten war. Kurz vor dem Umkippen auf die brennende Wiese hatte die Nachbarin im Garten gestanden und alles gesehen. Danach war es sehr schnell gegangen: Die Mutter hatte ihr Kleines in letzter Sekunde auffangen können. Niko erinnerte sich an ein Gefühl der Erleichterung, das allerdings nicht von Dauer gewesen war: Die Frau hatte nämlich ihn verdächtigt, das Feuer gelegt und den Wagen absichtlich umgestoßen zu haben, um dem Baby zu schaden. Allein bei dem Gedanken an diese vollkommen absurde Unterstellung knurrte der Hund vor Wut.
Kiki zuckte zusammen und sah ihren Begleiter fragend an. Nach einer kurzen Verschnaufpause erzählte Niko auch den Rest seiner Geschichte: „Man hat der Nachbarin schließlich geglaubt und Charlies Familie vorgeschrieben, mich ins Tierheim zu bringen."

Das Tierheim. Niko musste schlucken. Er brauchte zwei Pfoten gleichzeitig, um alle Tränen aufzufangen. Ein Tierheim bedeutete, dass man nicht gewollt war. Ein Tierheim hieß, dass man keine Familie mehr hatte. Für ihn war ein Tierheim das Ende. So ähnlich hatte wohl auch Nikos frühere Familie gedacht. Der Vater, die Mutter und Charlie hatten es nicht über das Herz gebracht, ihren geliebten Hund in solch ein Tierheim zu geben. Sie waren sich recht schnell einig gewesen, ihn im Wald – und damit immerhin in Freiheit – zu lassen.
Kiki war beeindruckt. Sie hatte mit einer derartigen Geschichte nun wirklich nicht gerechnet und spürte Nikos Vertrauen. Vielleicht sollte sie ihm auch *ihre* Geschichte erzählen ...
„Also, Niko, ich ..."
„Da, Kiki! Wir haben es geschafft: Wir haben den Wald durchquert!" Der Hund wedelte vor lauter Freude wie wild mit seinem Schwanz und

sprang um das Kaninchen herum. Die Ohren flogen hin und her; die Zunge ließ er lässig aus seiner Schnauze baumeln.
„Vorsicht!“ Das Kaninchen warf sich auf Niko. Beinahe wäre er auf die angrenzende Straße gerannt. „Du musst wirklich aufpassen!“, rief Kiki atemlos. Ihre Augen waren vor Schreck ganz weit aufgerissen. Zum Glück war alles nochmal gutgegangen. Das Kaninchen war erleichtert und gleichzeitig enttäuscht, da es seine Geschichte in diesem Moment nicht erzählen konnte. Vielleicht ergab sich ja bald eine passende Gelegenheit. Nun war es aber viel wichtiger, die Straße zu überqueren, um zum Tierarzt zu gelangen. Niko setzte vorsichtig eine Pfote auf den Asphalt. Sofort brauste ein Auto haarscharf an ihm vorbei. Der Fahrer hupte eindringlich und wedelte heftig mit dem Arm. Niko wusste genau, warum er Autos einfach nicht leiden konnte ...

So stelle ich mir Nikos Versuch vor, die Straße zu überqueren:

Nächster Versuch: Jetzt war Kiki an der Reihe. Das Kaninchen schien sowohl mutiger als auch geschickter zu sein. Mit flinken Bewegungen tänzelte das flauschige Tier über die Straße und schlug dabei solch scharfe Haken, dass es jedem Auto mühelos ausweichen konnte. In

Sekundenschnelle stand es auf der anderen Straßenseite und winkte dem verdutzten Hund strahlend zu. Geschafft! Hurra! Niko staunte. Wie geschickt Kiki war; wie schnell dieses winzige Tier reagieren konnte – unglaublich! Die Fähigkeit des Kaninchens, die Straße zu überqueren, war Gold wert. Das Problem bestand nun allerdings darin, dass nur Niko den Weg zum Tierarzt kannte, er es aber wohl nicht über die Straße schaffte, weil er ja Angst vor den lauten Autos hatte. Es war zum Verzweifeln! Der Hund dachte angestrengt nach. Es musste einfach eine Lösung geben! Sie hatten es schon so weit geschafft; in diesem wichtigen Augenblick durften die beiden auf gar keinen Fall aufgeben. Niko spürte, wie seine fast vergessene Energie zurückkam. Und mit dieser Kraft kam auch die entscheidende Idee: Er nutzte nun eben *seine* Fähigkeit, die in seinem Körper steckte. Hier und jetzt zahlte es sich aus, den Pfotenstand so lange geübt zu haben. Dadurch war sein Körper nämlich sehr biegsam geworden. Genau diese Biegsamkeit brauchte er in diesem Moment: Zunächst erhob er sich so, dass er nur noch auf zwei Pfoten stand. So konnte er vom Kaninchen, das ja immer noch am gegenüberliegenden Straßenrand stand, besser gesehen werden.
Als er sich sicher war, dass Kiki ihn anschaute, zeigte er mit seiner Schnauze nach vorne und unterstrich dies durch heftiges Kopfnicken. Daraufhin bellte er zweimal, krümmte seinen Körper nach links, nickte erneut mit dem Kopf, bellte dreimal und drehte sich abschließend nach rechts. Das Kaninchen verstand nichts. Niko wiederholte alles und zeigte zusätzlich mit einer Pfote zuerst nach vorne, anschließend nach links und zum Schluss noch nach rechts. Jetzt hatte es Kiki endlich kapiert: Der Hund erklärte mit seinen Verrenkungen den Weg zum Tierarzt: geradeaus, die zweite Abbiegung nach links, dann wieder geradeaus und die dritte Straße nach rechts. Das Kaninchen streckte die Pfote nach oben, um Niko zu signalisieren, dass es nun wusste, wie es zu laufen hatte. Dann hoppelte Kiki los. Der Hund war gezwungen zu warten. Nervös trabte er am Straßenrand hin und her.

Um sich abzulenken, zählte er die Autos.
Fünf Autos - kein Kaninchen in Sicht. Zehn Autos - noch immer wartete Niko auf Kiki. Fünfzehn Autos. Es klingelte. Dieses Geräusch kam dem Hund bekannt vor. So klang doch das Glöckchen des Kaninchens! Ein weiteres Klingeln war zu hören, und zwar das einer Fahrradklingel. Das war doch nicht zu fassen! Kiki hockte auf dem Gepäckträger eines Fahrrads und hielt sich an einem Mann fest, der kräftig in die Pedalen trat. Er trug einen weißen Kittel. Ein merkwürdiges Gerät mit zwei Schläuchen und einem großen silbernen Ding hing wie eine Kette um seinen Hals. Eine riesige Tasche baumelte am rechten Lenker des Fahrrads. Irgendwie kam ihm dieser Mensch bekannt vor... Richtig! Das war der Tierarzt, der ihm damals die Spritze in den Hintern gegeben und ihm einen Knochen geschenkt hatte. Kiki hatte es wirklich geschafft! Niko strahlte zufrieden. Jetzt konnte das Eichhörnchen vielleicht doch noch gerettet werden. Ohne weitere Erklärungen lief der Hund vor dem Fahrrad in den Wald hinein und achtete darauf, für den Tierarzt und das Kaninchen immer in Sichtweite zu bleiben. Er hatte überhaupt keine Schwierigkeiten, die Fährte aufzunehmen und den Weg zum Eichhörnchen zu finden. Seine Nase war einfach die beste! Außerdem hörten alle recht bald die verzweifelten Schmerzensschreie des verletzten Nagers, die ihnen die Richtung vorgaben. Sie rannten blitzschnell und erreichten das Eichhörnchen tatsächlich nach kurzer Zeit.

Die Tiere blieben stehen und beobachteten angestrengt den Arzt.

Der Rat

Die Spannung war kaum zu ertragen. Der Tierarzt hatte sich über das Eichhörnchen gebeugt und untersuchte das in der Falle eingeklemmte Bein. Er atmete tief ein und wischte sich mit seinem Ärmel kleine Schweißperlen von der Stirn. Er seufzte. Das würde nicht leicht werden. Auch das Eichhörnchen schwitzte. Angst durchströmte seinen Körper. Mit weit aufgerissenen Augen starrte es den Waschbären an und bat ihn stumm um Hilfe, doch dieser war damit beschäftigt, seine Pfoten so fest aneinanderzureiben, dass sie fast taub wurden. Die weise Eule hatte ihre Unterhaltung mit dem Dachs, der schon seit Wochen unter Schluckauf litt, unterbrochen. Nervös jonglierte sie ihre Brille auf dem Schnabel und fächerte sich zur Abkühlung Luft unter die Flügel. Der Hirsch trabte ruhelos im Kreis.

So stelle ich mir den Hirsch vor:

In sicherer Entfernung beobachteten auch Niko und das Kaninchen atemlos die Rettungsversuche. Da erspähte der Hund aus dem rechten Augenwinkel das goldene Eichenblatt. Es lag neben einem Stein und glitzerte leicht in der Abendsonne. Das Eichhörnchen hatte es bestimmt aus den Pfoten fallen lassen, als es in die Falle getappt war. Jetzt bewachte niemand das Blatt. Sofort hatte der Hund begriffen, dass er es ohne Probleme erreichen konnte – wahrscheinlich würde er es sogar

auch schaffen, sich dabei kaum zu bewegen und unbemerkt zu bleiben. Verdient hätte er diese Eintrittskarte für einen Besuch bei der weisen Eule in jedem Fall. Davon war er überzeugt. Immerhin hatte er unter Einsatz seines eigenen Lebens dafür gesorgt, einen Tierarzt zu holen, damit das Eichhörnchen überleben konnte. Da wäre es doch wirklich gerecht, eine Belohnung für seinen heldenhaften Einsatz zu bekommen! Während er darüber nachdachte, betrachtete Niko den Waschbären und ließ seinen Blick zum Hirsch gleiten. Sie alle hatten sich ihm gegenüber nicht gerade freundlich verhalten – ganz im Gegenteil. Sie hatten ihn verspottet und allein gelassen. Sie hatten sich eigentlich genauso benommen wie seine frühere Familie, als er von dieser im Wald ausgesetzt worden war. Bei dem Gedanken an diesen schrecklichen Tag kroch die Traurigkeit in Niko wieder hoch. Mit dem unbewachten Eichenblatt würde er sich aber bestimmt ein wenig trösten können. Niko streckte seine linke Pfote vorsichtig aus und behielt gleichzeitig die anderen Tiere fest im Blick. Sich von ihnen erwischen zu lassen, durfte er auf gar keinen Fall riskieren!
Beim genauen Betrachten der anderen fiel ihm aber etwas auf: Obwohl die Tiere unterschiedlich waren, verband sie alle der sorgenvolle Ausdruck in ihren Gesichtern. Charlies Mutter hatte auch so ausgesehen, als Niko mit dem Auto weggebracht worden war. Bei ihm selbst war es in letzter Zeit bestimmt nicht anders gewesen. Jedenfalls fühlte er sich so. Mit dem Eichenblatt hätte er die Chance, nicht mehr so traurig zu sein. Dann wäre er allerdings ein Dieb. Dann könnten ihn die Waldtiere zu Recht endgültig verstoßen und ihre Hilfe würde er dann niemals bekommen. Außerdem war da ja noch Kiki. Sie wäre sicherlich enttäuscht von ihm. Er würde dann vielleicht sogar seine einzige Freundin hier im Wald verlieren. Die Sache war klar. Niko zog seine Pfote zurück und schüttelte sich. Puh. Da hatte er sich im letzten Augenblick richtig entschieden. Ob die Waldtiere ihm das goldene Eichenblatt nun geben wollten oder nicht, lag sowieso nicht in seiner

Pfote. Er beschloss, einfach abzuwarten und jede Entscheidung der Waldtiere hinzunehmen. Wichtig war doch, mit sich selbst zufrieden zu sein. Und das ging nur, wenn er nicht mehr so oft traurig war. Nach all diesen schrecklichen Momenten musste es so langsam doch endlich mal wieder vorwärts gehen. Immerhin war er noch jung und hatte mit Sicherheit viele schöne Momente vor sich. Sollte er vielleicht einfach mal von vorne anfangen? Was für ihn galt, das konnte auch für das Eichhörnchen gelten. Ja, es war ziemlich gemein zu ihm gewesen, aber auf der anderen Seite litt das Tier jetzt schreckliche Schmerzen. Der Nager tat dem Hund leid. Konnte er dem Eichhörnchen denn wenigstens ein bisschen helfen?
Niko dachte eine Weile angestrengt nach und hatte tatsächlich schon eine Idee: Er setzte sich auf seine Hinterbeine und begann mit der linken vorderen Pfote an seinem Halsband zu kratzen. Schnell lösten sich einige Fäden. Das blieb auch dem Kaninchen nicht verborgen. Ohne eine einzige Nachfrage zu stellen, half es Niko und nagte mit seinen scharfen Zähnen am Halsband. Aufgeknabbert fiel es zu Boden. Der Hund nahm es anschließend in seine Schnauze und legte es dem überraschten Eichhörnchen in die Vorderpfoten. Mit fester Stimme sagte er: „Ich weiß ja, dass du mein Halsband immer als Zeichen dafür gesehen hast, den Menschen zu gehorchen. Das stimmt so aber nicht. Ich habe mich bei dem Jungen, seiner Mutter und dem Vater immer wohl gefühlt. Mein Halsband war und ist für mich ein Freundschaftsband. Es sitzt nicht zu fest am Hals, sodass es mir die Luft zum Atmen rauben würde. Es sitzt aber fest genug, um immer zu wissen, dass es da ist. Es begleitet mich. Durch mein Halsband habe ich mich mit Charlie verbunden gefühlt. Jetzt glaube ich aber, dass du es mehr brauchst als ich, und deshalb schenke ich es dir gerne. Hoffentlich hilft es dir mindestens so viel, wie es mir geholfen hat. Außerdem ist es für mich nicht ganz verschwunden: Ich trage das rote Halsband mit den weißen Punkten nämlich weiter in meinem Herzen."

Der Nager war zuerst zwar etwas erstaunt, nahm es dann aber dankbar an. Er war gerührt und vor allem erleichtert, dass er jetzt etwas hatte, woran er sich festhalten konnte. Das Eichhörnchen beruhigte sich ein wenig. Nun war es aber höchste Zeit, dem Tierarzt Platz zu machen, damit er die Behandlung fortsetzen konnte Niko und das Kaninchen traten ein paar Schritte zurück und starrten gebannt auf den Mann. Mit einer kraftvollen, aber gleichzeitig vorsichtigen Bewegung öffnete der Arzt die Falle. Die eben noch zugeschnappten Seiten aus Eisen, zwischen denen das Bein des verängstigten Tiers geklemmt hatte, waren jetzt erfolgreich auseinandergezogen worden. Ein schriller Schrei – das Eichhörnchen konnte es nicht fassen: Sein Bein war voller Blut, das an einigen Stellen sogar schon getrocknet war und eine Kruste gebildet hatte. Das Schlimmste war aber das: Es war gebrochen und schmerzte entsetzlich. Das arme Tier wimmerte und kaute gleichzeitig wie wild auf Nikos Halsband herum, um alles besser ertragen zu können.

Während die übrigen Waldtiere unter Schock standen und sich nicht bewegten, näherte sich Niko mit dem Kaninchen an der Pfote dem Eichhörnchen erneut. Sie hielten das zitternde Tier sanft fest. Um es ein wenig abzulenken, erzählte der Hund ihm von seinem vergangenen Leben mit Charlie, der Mutter und dem Vater. Er berichtete ihm von seinem glücklichsten Tag in seinem bisherigen Leben: seine erste Begegnung mit Charlie.

Damals, es muss vor ungefähr einem Jahr gewesen sein, hatte es geschneit. Dicke Flocken waren freudig durch die Luft getanzt und hatten sich direkt auf seine Nase rieseln lassen. Der Hund hatte die Schneeflocken aber nicht festhalten können. Sie lösten sich auf seiner dampfenden Schnauze ziemlich schnell auf und hinterließen nur einen nassen Hauch. Unter seinen kleinen Pfötchen war der Schnee allerdings die ganze Zeit liegen geblieben und hatte sich komisch angefühlt. Niko hatte das kalte Weiße einfach nicht verstanden: Es war weich *und* hart gewesen. Nach dem Zusammenpressen vieler Flocken hatte er mit seinen Pfoten eine Kugel formen können. In dem Moment, in dem sein allererster Schneeball vor ihm gelegen hatte, war Charlie auf einmal vor ihm aufgetaucht. In der linken Hand hatte er einen gelben Ball und in der rechten Hand ein Halsband gehalten – das rote Halsband mit den weißen Punkten. Sein Halsband. Niko erinnerte sich noch genau an das Gefühl von damals: Es hatte sich so angefühlt, als ob er in einem flauschigen Körbchen mit unzähligen leckeren Würstchen gelegen und gleichzeitig Katzenvideos angeschaut hätte. Das hatte ihn wirklich zum glücklichsten Hund auf der ganzen Welt gemacht.
Wie es wohl Charlie nach der Trennung von Niko ging? Dachte der Junge überhaupt noch an seinen Hund oder hatte er längst einen neuen? Würde er es tatsächlich wagen, ein anderes Tier auch gern zu haben? War Niko möglicherweise sogar ersetzbar? Er konnte diesen Gedanken kaum mit seiner inneren Stimme aussprechen. Panik kroch

in ihm hoch und legte sich wie ein dunkles Tuch über ihn. Sein Hals war wie zugeschnürt. Das Atmen fiel ihm schwer. Er brauchte einen Moment, um die Sache von einer anderen Seite aus zu sehen.
Niko musste sich eingestehen, dass er sich nach der Trennung von Charlie mit einem anderen Tier angefreundet hatte: mit dem Kaninchen! Und das war sogar geschehen, obwohl es weder Bälle werfen konnte noch ihm ein Halsband geschenkt hatte. Es war einfach nur ein Kaninchen. Das erschien ihm aber auf eine seltsame Weise in Ordnung zu sein. Er brauchte einen Freund, mit dem er Erlebnisse teilen konnte. Er brauchte einen Freund, mit dem er zusammen lachen und weinen konnte. Er brauchte einen Freund, mit dem er streiten und sich wieder versöhnen konnte. Er brauchte einen Freund, mit dem er reden und sogar schweigen konnte. Und dann brauchte er einen Freund, auf den er sich vor allem immer blind verlassen konnte. Das alles machte einen guten Freund aus. Charlie war so ein Freund gewesen. Das Kaninchen konnte ebenfalls so ein Freund werden; da war sich Niko mit einem Mal ganz sicher. Er begriff, dass man auch mehrere Freunde gleichzeitig haben konnte. Der Hund war wieder froh und schöpfte Hoffnung. Wenn man mehrere Freunde gleichzeitig haben konnte, dann war es überhaupt nicht schlimm, dass Charlie vielleicht einen anderen Freund gefunden hatte. Er hatte Niko mit Sicherheit aber nicht vergessen. Das fühlte er in diesem Augenblick ganz deutlich.
Jetzt verstand es auch der Waschbär, der nicht mehr so abweisend war. „Wir haben alle gesehen, wie rührend du dich um das Eichhörnchen gekümmert hast, Niko. Das war wirklich toll von dir. Wir glauben nun, dass dein Halsband nicht unbedingt ein Zeichen von Gefangenschaft ist. Für dich ist es ein Freundschaftsband. Du hast es wohl deswegen noch im Wald getragen, weil du dich an Charlie erinnern wolltest. Stimmt's?"
Mit gesenktem Kopf nickte Niko nur stumm, denn diese kleine Rede war ihm etwas unangenehm. Er sprach nicht so gerne über seine Gefühle. Daher war der Hund ganz froh, als der Hirsch mit tiefer

Stimme das Wort ergriff: „Als Zeichen unserer Dankbarkeit schenken wir dir das, was du in den letzten Tagen haben wolltest: das goldene Eichenblatt. Wir geben es dir sehr gerne und hoffen, dass die weise Eule einen wertvollen Rat für dich hat."

Da war es: das goldene Eichenblatt. Endlich! Wie lange hatte Niko auf diesen Moment gewartet ... Er streckte seine linke Pfote aus und ergriff - die Pfote des Kaninchens. Kiki war verwirrt. War der Hund vielleicht doch nicht so schlau, wie sie gedacht hatte? Was sollte das denn jetzt schon wieder bedeuten?

„Ich danke euch sehr", begann Niko und schnaufte nochmal kurz durch. „Ich wollte dieses Eichenblatt wirklich unbedingt besitzen. Ich wollte wissen, was die Eule mir zu sagen hat. Immerhin konnte sie schon vielen Tieren helfen. Nun denke ich aber, dass ich ihren Rat nicht mehr brauche. Gebt das goldene Eichenblatt bitte direkt dem nächsten Haustier, das hier in den Wald gebracht wird. Zeigt auch einem fremden Tier, dass es etwas von euch bekommt, ohne dass ihr etwas dafür erwartet."

Der Waschbär, der Hirsch und das Eichhörnchen tauschten verschämte Blicke aus. Sie bereuten es sehr, Niko und Kiki damals nicht sofort geholfen zu haben. Beide hatten nämlich im Gegensatz zu ihnen nicht gezögert, sich um das verletzte Waldtier zu kümmern und es schließlich zu retten. Das schlechte Gewissen ließ sie rot anlaufen und auf den Boden starren. Das Eichhörnchen war das erste Tier, das wieder Worte fand: „Niko, mit allem, was du gesagt hast, liegst du richtig. Es tut uns sehr leid!" Waschbär und Hirsch nickten zustimmend. „Wir möchten dir und Kiki - auch ohne Gegenleistung - unsere Hilfe anbieten, wann immer ihr sie braucht. Wir haben erkannt, dass man am besten vorwärts kommt, wenn man zusammenhält. Jeder hat unterschiedliche Fähigkeiten und das ist auch richtig so."

Niko und Kiki schienen am Ziel zu sein: Sie waren endlich von den Waldtieren angenommen worden!
Beide Tiere spürten jedoch, dass trotzdem noch nicht alle wichtigen Fragen beantwortet waren:
Sollten sie für immer hier bleiben und ihr Leben im Wald verbringen?
Sollten sie zu ihren alten Familien zurückkehren?
Sollten sie alleine oder gemeinsam ein neues Zuhause suchen?

Die beiden Freunde beobachteten stumm die zwitschernden Vögel. Der Hund schaute zum Kaninchen und das Kaninchen schaute zum Hund. Dann betrachteten Niko und Kiki gemeinsam die untergehende Sonne.

Sie lächelten.